お稲の昭和 不器用な物語

沼達敏子 NUMADATE Toshiko

文芸社

目次

お稲の昭和　不器用な物語

一　稲の生いたち

水無月、日毎深まる草木の緑、気のせいかその朝の空気は格別生き生きしていた。

篠田稲は一九一〇年（明治四三年）に、茨城県北東部の片田舎に生まれた。玉川村は茨城の中央水戸から北の景勝地、袋田の滝を目指すとその中間右手方向にある。

当時、どの家も思いは同じで、篠田家も両親は第一子に男子を望んでいた。でも期待は外れ、あまり深く考えもせず、誕生した女児の名を稲と名付けた。後に本人は「稲」からすぐ「米」を連想し、初めから米の字を使ったヨネの方が可愛らしかったのにと残念がった。

稲の祖父は佐平治（通称、市之介）。そして稲の父親が三之介だ。後年、父親が兄弟の名を辿る時、まず祖父の名から「市之介、仁太郎、三之介、之《の》抜きの四郎に五郎左衛門……」と名前に節を付け、ふざけながら楽しそうに我が子たちに語るのだった。

佐竹氏領地の時代より三之介の家は、定住農家として代々玉川村で田畑を耕していた。その後、徳川の時代になると山の管理役人を拝命し、傍ら獣医でもあったので蹄鉄などのメンテナンスもしている「郷士」であった。

傷付いて歩いたり走ったりできなくなった馬や老いて働けない馬などは飼っていられなくなれば否応なしに処分されるのだ、と稲は聞かされた。そんな馬が可哀相で、夜、思い出しては眠れなかった。

ちなみに、「郷士」とは〝殿様の命令やお達しがあれば何はさておき農作業などを中断し、鍬を捨て、武器を手にして戦に参じる者〟というが、苗字帯刀を許された武士待遇の身分のことである。

昭和も中頃になってから、常陸大宮市公営墓地の一隅にまとめられた一族の墓石がある。墓歴には「水戸徳川様から直に『雪持の根笹』の家紋を有り難く賜わった」と記されている。


三之介は働き者であったがどこか少し変わっていた。集会があると物を書いたりする仕事を自ら買って出て務める気働きの利く次男なのだが、意外にも酒嫌い。その代わり大の甘党なのだった。

畑仕事には朝早くから出掛けるのだけれど、昼頃までと自分で決めているふうだった。

帰宅するときちんと上下衣服を着がえ、身仕度を整えてから座机に向かって正座する。それからおもむろに読んだり書いたりする姿を、遠くから子供らは当たり前の如く見ていた。

三之介は字を書くのが好きで筆達者だ。芸は身を助ける、ではないけれど、独り身の頃は、時には文字を書くという用事に詫《かこ》つけて夕方になるとどこかにふらっと出掛けていった。秋にはどさ回りの村芝居を心持ちし、小屋裏にまで入って覗き込み、役者と話をしたりするのが彼の唯一の楽しみだった。それで笛や太鼓の鳴り響く村祭では自ら虚無僧に変装し、尺八を吹きながら歩き回ったり、仮装行列に参加すると厚化粧し、女の着物をまとって美人気どり。唐傘をさしながら見物客の前で女っぽい仕草で笑わせたりすることもあった。

目立って背が高く細面、でも物腰は壮健、時々人をはぐらかす態度はいつも変わらないのが三之介だ。この次男坊が親戚の口利きや親の計らいで所帯を持つことになったのは、二六の頃だった。

縁談相手の大曽根家は、遠くは藤原北家の流れをくみ平安末期から佐竹氏の世臣で関ヶ原の敗戦で五四万石除封。徳川の世になっても静《しず》に留まり民となる。先代当主の利平は娘に昔から懇意だった近くの神社から婿《むこ》を取り、子供たちにも恵まれ、家運は変わらず栄えていた。三之介の相手となるのが、この家の娘トキだ。特別苦労もない裕福な家庭で育った。家事手伝いはしていても、畑仕事など全くしたことがない。普段から家では専用の織機で、この瓜連《うりづら》地域伝統の倭文織《しずおり》という格子柄や筋《すじ》柄入りの布を織って、家人の着物などを仕立てたりするのが得意だった。その他は組み紐を編んだり、姉たちが残していった一面の琴をたまに爪弾いて過ごした。器量だって悪くはない。並の娘ながらトキは二〇代も半ばで婚期が遅れている。それがようやく縁談に前向きになったと知り、家族は喜んだ。すでに近隣の良い所に十代で嫁いでいた姉妹たち一同も、「たとえお金がなくたって、おトキが好みの人に出会えて良かったね」とか、「今の時代、何とかの末裔だとか、家同士の釣り合いが問題なんて言ってたら笑い者だぞ」「かえってトキの世間知らずが幸いしたのかもね」などと言ってからかい半分に祝福した。

そして晴れの日の大八車には沢山の嫁入り道具に数棹《さお》の長持他、織機二台、日本刀の三振りと天幕なども積まれ、士族の出を示す幟《のぼり》まで立てられていたという話だ。刀は物が欠乏する戦後、トキの長男保治がそれを三つに折り、庖丁とその他農具にした。切れ味がすごくて、恐ろしいほどだったらしい。

こうして祝いの嫁入り行列は、田圃の畔道を沢山の荷物をのせた車を先頭に進んでいったのだった。

それにしても、身内親戚の誰からもトキがそこまで婚期が遅れた理由が伝わらず、だから娘の翠も稲から聞かされていない。なぜなのか、それが不思議だった。大人になった翠は想像し、体のどこかに傷でもあったのかと考えた。あの時代のことだ。炉端での事故があったとするのが自然かもしれない。

彼女が幼少期、たとえば頭部に火傷《やけど》を負ったとすれば、炉端で姉妹同士のふざけっこが原因だったのだろう。その傷は誰かのせいにするわけにはいかない。そこで犯人捜しをしなかったのは、小さな姉妹たちの心の傷になってはいけないと思う親心が働いたのかもしれない。トキには気が付くと髪を留めた黄楊《つげ》の櫛に何かと触れる癖があった。それは前頭部の傷を髢《かもじ》で隠す確認行為らしかった。

長らく日本では光沢のある黒髪は女の命、とまで言われてきた。女性なら気にするのは当然だから、その点を家人も気遣って口にしなかったのだろう。その理由は判らずじまいだった。トキは子供の頃から寡黙で、控え目な性格ゆえに、その悲しみや悔しさを独り胸に刻んできたように思われた。後々、保治の長男栄一が祖母トキから直接聞いた話によると、その縁談は、そもそも嫁ぎ先の土地財産について、単位の聞き違いや勘違いに気づかず成立していた。

大正時代に入った。ある日稲はうきうきしながら父親のあとを追い、畑まで来ると、「いいかいお稲、今に見ていろ。家も隣もこれから先、畑や田圃仕事には、みんなが自転車で来るようになるぞ」と聞かされた。するとすぐ、「早くそうなったら楽しいね」と答えた。

酒は三之介の体質に合わず、小さな湯飲み茶碗ほどの甘酒でさえ顔が真っ赤になってしまう。

だから普段夕方に独りで遊びに出掛ける先といえば、お決まりの餅・団子屋に蕎麦、うどん店の類いなのだった。

稲は月明かりの中、外に出て父親の帰りを待っていることもあった。時たま、父の懐や袂《たもと》から出てくる、みやげの干し芋や干し柿などが嬉しかったのだ。けれど一向に帰って来ない父を待ちぼうけしている時、稲は狢《むじな》（タヌキの異名）に出合った。その場面を後に稲は身振り手振りで面白く語った。

「その狢はね、掌を返して腕を斜めに挙げ、額にかざしたのさ。そして首を傾げ、人を見下すように見るの。まるで人間みたいによ」

その仕草をわざとこっけいに真似してみせた。けれど、その日、朝帰りした父親は、

「一晩中狢に馬鹿にされてな、田圃の中さ、あっちこっちさ、歩かされたんだ」

と言い張る。稲はそれをそのまま納得。でも背後には、あまりいい顔はしていない母親トキが立っていた。

三之介は昔の悪餓鬼時代の仲間によって嫁の出身を種に、冷やかしや意地悪な質問に晒されたようだ。しかし彼らとは適当な距離を置き、つき合えるのが三之介らしいところだった。田舎の農作業は効率良く進めるため、お互いに力を貸し借りする共同

作業が欠かせない。トキはそれに参加はしても、実のところ二人の子の母となり、その世話で手一杯なのだった。

五歳になる稲は行動が活発で、受け答えもハキハキしており、身内からは「稲が男子だったら良かったのに」と言われもするが、可愛がられる存在だった。

稲の二歳年下の弟、長男保治は、一九一二年（大正元年）生まれ。素直で動作が静かな母親似。行動的な稲とは、つい比較されがちだった。ある日、保治は飼い犬に追いかけられて、祖父たちが集まっていた作業場につい入り込んだ。それがきっかけで騒ぎとなり、治療中だった馬を驚かせ、小さな保治はバランスを失い、蹴られた。とはいっても、ちょっと接触されたくらいで傷もなかったのに、大人たちは大切な長男に後遺症が出ぬかと心配しきりだった。

そうした心配事や慣れない日々を積み重ねたトキは、余計に気弱くなっていた。それで、まだ〇歳のナミを背負い、稲の手を取り、こっそり三人で家を出ていこうとした。行き先は静村の実家だ。両親はまだ達者だから自分たちを迎え、慰めてくれるだろうと思いつつ……。

また別の日、トキが堪え切れぬほど思い詰めている時には、道中母親の様子を不審に思った敏感な稲が、

「お父が鼠に引かれちゃうよ。早く帰ろう、可哀相だから……」

と泣きべそをかき始める。そして歩みを止めてしまう。

トキはそこで仕方なく夫の所《もと》へ引き返さざるを得なくなった。

こんなことを操り返す。でもトキは習慣に添うよう努力を続け、仕来《しきた》りを守って近くに建てられた産屋《うぶや》へ出産寸前には入り、子供を生むのだ。

年端のいかない稲は、母親がやつれた姿で出てくるのを見覚えていた。それからも二年、三年と間を置いて二人の妹ミヨ、ミチコが生まれ、子供が五人になった。

その頃になると、父親三之介は心機一転しようと、新しい土地を探し始めた。

一方トキは、六人七人と家族が増えてくると、もう逃げ隠れすることも忘れ、自分の居場所が定まった。それからは三之介と共に改めて生きる覚悟を決めた。

二人は初めての経験だったが製麺所を開くことになった。山仕事や田圃・畑仕事も今まで通り続けていかなければならない。

少し離れた新しい土地、冷たい清水の湧き出る土地に一家は引っ越した。麺やそば

作りには、きれいな空気や湧き水が豊富にあれば理想的だ。

稲は、緑に囲まれたその美しい環境が大好きになった。清水が流れ込む池にはフナやコイがゆったりと泳いでいる。嬉しくて心が躍るのだった。そして母親から教わった歌……。

通りゃんせや数え唄などを聞き覚えたままに唄っていた。


稲は毎日二つの山の峠を越えて学校に行く。

ある日、田圃の脇を通った時、大蛇に遭遇。驚きのあまり足が竦《すく》んで座り込んでしまった。近くで様子を見ていた村人は近づくと、「これはすごいな。太った鰻《うなぎ》じゃないか」と喜んで上手につかまえ、持ち帰っていった。

その後ろ姿を唖然として見送る稲だった。

上級生になると、自分の身なりが他の子よりもみすぼらしいことに気付いた。それは母親が自ら織り、仕立てたものばかりだったからだ。着物から足袋まで、とにかく色も柄も黒っぽくて地味だ。それゆえ弟たちにも同じ織りで着物を着せられるし、費用や柄合わせなど余計な手間まで省くことができる。そういう事情をよく理解している稲は、自分の目的のために実行していたことがある。母親の白足袋を学校に行く山道の滝木のしげみに前もって隠し置いた。登校の朝には、そこで履き替え、授業に出席する。帰りは元通りしげみに戻し、また黒足袋を履いて素知らぬ顔で帰宅する。少しは、そうした工夫で気分晴らしをしていた。

里地で暮らす人々の農作業は、年中切れ目なしだ。

春には伐採。跡地の片付け、その後の植樹などがある。そして草木が萌え出す頃には、別に種から育てられた苗の田植えが待っているのだが、直前には田起こしといって固い土を掘り返す必要がある。その土には前に作り置いた灰や肥料をすき込むという大切な作業も含む。それらを経て水を張り、前もって育てておいた苗の植え付けに入る。

夏は、牛馬、ヤギなどを飼っている家ではえさにする下草が必須であり、多くの作物の収穫の仕事は秋に一斉に始まる。

秋から冬にかけて、下草刈りや伐採、枝打ちに加えて燃料用の薪《まき》づくり、粗朶《そだ》集めから松葉かき、堆肥用の落葉かきなど。具体的に一年の作業をこのように挙げてみると改めて街中の生活者には想像し難く、きつい労働が待っているのかがよく分かる。これが農業だ。

稲は、こうした風景に馴染んでいた。時には、野や山でワラビ、ゼンマイなどの山菜採りや木の芽探しを独りで楽しみ、家に持ち帰った。この持ち前の元気さは、健康で病気知らずのお陰だ。周囲の大人たちからは、「全くこの子は疲れを知らない小鳥みたいだわ」とほめられ、何となく期待されているのを感じていた。でも土地に縛られたくないという思いが意識下にあった。

小さい頃から駆けっこも速かった。その当時、小学校の上級クラスは一〇人足らず。後年、娘たちに「私は勉強だって一番でね。でも図画工作の成績だけはビリなのさ。でも一度だけど茄子《なすび》の絵を描いて先生にほめられ、横壁に張り出された時はすごく嬉しかったな」と言った。

稲の家は昔からずっとランプ生活で、飲み水も風呂水もつるべ井戸から汲み、運んだ。すでに時代が大正に入っていても、それが一般的な田舎の暮らしだった。ランプの芯に被せるガラス器に昨晩のうちに付着した黒い煤。夕方になると、それを拭き取り、磨くことや油の注ぎ足し作業がある。それは面倒でも毎日誰かがやる必要がある。たまに稲もガラス磨きをした。この時期、四女道子《ミチコ》、また二人の弟礼矢《きゆうや》、久仁於《くにお》が加わり子供は七人、家族は九人となっていた。

夜中まで、稲が光の洩れを気にし、掻巻を頭から被るようにして、本を読んだりしていると、

「貧乏家のお嬢さん、まだ起きていたのかぇ」

と母親に注意される。だが、その声には励ましの気持ちが感じられて心強く思った。けれど、昼間縁先に立ち寄り世間話をする近所の人たち、特に向かいのおばさんから時々聞く地域の事件や話題には気分が暗くなる稲だった。村では農作業の仕事をこなすために沢山の人手を必要とする。それで昔からこの地域に限らず村には〝足入れ婚〟というような風習が続いていた。足入れ婚とは、仮祝言の後、女性が男性の家に入る風習で、農作業の人手確保のためだが、嫁ぎ先で、もしその女性に子供が生まれなければ夫の側から離縁を申し渡されても当然だった。女性は泣き寝入りするばかりだった。

生活の中で感じたあれこれ、大人たちや学校の先生が話す知識や情報、その他、読書によって稲の心に芽生えたこと――なぜ、今の生活は男が中心で、女はいつも付き従うだけなのか、という疑問が生じていたのだ。ちょうどこのような問題に気付いた時、次の言葉に出合えた。〝教育と技術〟という言葉だ。

「今は女性に高い知識などは求められていない。しかしこれからは、学問や資格を持つ女性たちが働ける時代が必ずやってくる」

稲自身、しばらくは漠然と未来を思うに留まっていた。でもその言葉が、限られたこの環境で可能な道を深そうとするきっかけになった。

その頃に稲が影響を受けた本。それが「F・ナイチンゲール」の伝記だった。「並外れた偉業は英国人女性、フローレンスが関わる、看護の細々とした仕事から始まった」とあるその本を読み進めた。

ナイチンゲールが三〇代となった当時の世界をみると、ヨーロッパでは四回にわたり疫病のコレラが大流行。アメリカでは南北戦争が終結、徐々に人種差別を乗り越えて一八六五年になってようやく合衆国として統一された。一八五五年、ロシアではトルコ侵入から、クリミア戦争へ。その他、一八七七年インドでは大凶作で大飢饉となる。

こうした世界情勢の中、ナイチンゲールは看護という分野で地味な実績を積み上げていった。後には敵味方なく野戦病院で傷病兵の手当てをする。と同時に、病院の管理や運営・体制について人々が納得する適確な考証を初めて提出したことで政界財界をも巻き込んでいった。その結果、広く認められ、赤十字国際委員会の創設者も彼女の功績を高く評価したので、このことが後々、世界が直面する難題を解決するのに、信頼に足る存在として赤十字が大きな力を持つことにつながっていったというストーリーだ。元来ナイチンゲール家は貧者への多大な寄附を厭わない大富豪で貴族だ。そこに生を受けた小さな女の子、フローレンスは、豪華なドレスよりも病んだ人に手を差し延べるような女性に育った。しかし家族は彼女の志向を全面的に容認しているわけではなかった。それでもくじけず、思いをその先へと発展させていったフローレンスの生き様が稲の心をゆさぶった。この本の贈り主は、子供の頃の稲を特別可愛がってくれた母方の叔父だった。

ところで、日本の状況をみると、一九〇五年（明治三八年）の日露戦争後から一九三一年（昭和六年）の満州事変が起こるまでの間は、変化の激しい時代であった。政治、社会、文化の各方面において民主主義や自由主義の他、天皇制の再考を求める声も高まった。

特に国民生活は中等教育、都市生活、新聞雑誌の発達、ラジオ放送の開始など、日本の経済成長は上昇し、目覚ましいものがあった。

というのも、一九一四年（大正三年）の第一次世界大戦に乗じて日本はアジア大陸に進出していた。

一時は、北はシベリアから樺太《からふと》などの北方領土、南は揚子江までの広大な地域を勢力範囲として押さえた。

さらに朝鮮では民族独立運動まで興るようになっていた。

一九二九年（昭和四年）には、世界情勢全体が経済・金融界ともに最悪の状況に向かい、どこをみても不景気が蔓延していた。その上日本はまだ、一九二三年（大正一二年）の、関東大地震からも立ち直れず、国内の治安も良くなかった。それゆえ一九二五年（大正一四年）に中央で始まっていたラジオ放送は、まだ電気が通っていない地方の農村部では聴かれず、昭和の中期近くになっても恩恵に浴することはなかった。稲の家と同様、ラジオにも電灯にも縁がない所が多かった。

実際、明治の維新前後から五〇年、国の体裁を整えるため、政府がまず力を入れたのは道路や鉄道だった。そして一八七二年（明治五年）に新橋―横浜間に鉄道が開通されたのが最初で、さらに走行距離は拡大されていった。多くの人々が利用することになる常盤線も一八八九年（明治二二年）には開業されていた。

昔から近隣の村では、法事やお盆行事の集会を大切にしていた。

トキは、お盆で父母両方の実家に稲を連れて行く時は、絶え間のない稲とのおしゃべりを楽しみながら歩いた。その実家で親戚の人たちが話すご先祖の生き様など、稲は断片的にだが耳にするうち、一族が関わる幕末の不条理な出来事を知る機会となっていた。でも、重く難しい内容に、子供が口をはさめる場面はなかった。

ある日、学業のため、近々稲が上京することを報告すると、稲を子供扱いしていた叔父や叔母たちは驚いた様子ながらも喜び、励まし、元気付けてくれたので、多少不安だった稲はとても勇気をもらうことができた。

このように親戚縁者が集まる盆行事のうち、先祖供養の特別な儀式に参加できて満足だった。招かれた霊媒者が祈祷《きとう》をして、死者の霊を呼び降ろすとその場での話に人々は引き込まれる。耳目を傾け、興味津々だったので、稲は疲れて、帰りは静かに歩いた。

「東京はなぁー生き馬の目玉を刳《く》り貫くほど物騒な所だから油断するな」と言いつつ、父親が墨で書いてくれた行き先の住所。それを大切に懐に収めて鉄道で故郷を出ることになる。こわさもあったが、それなりに稲は進路について悩んだ末に自分で決めていた。そこには一つの希望があったからだった。田舎を出て自立したい。都会だ。東京に出る。それが明確な職業を持つことにつながる一歩だと考えていた。

二　ナイチンゲールに憧れて

まずは家の経済面を考慮した上の選択であり、墨田区の向島にある〝実践女学校への入学〟が目的だった。昼は紡績工場で働き、夜間に学生として学べるという理由からだ。子供の頃より聞き慣れていた史跡名勝の地、上野恩賜公園や浅草雷門のある台東区と学校のある墨田区との境には広々とした大きな隅田川がある。そこに架かる有名な橋々を渡ってみたい。その観光地が学校のすぐそばにあることも気に入った。このような環境で寮生活をしながら稲は質素勤勉をモットーにして女学校の卒業資格を得た。初めての都会で毎日緊張しながらも自力で第一関門を通過できた時には、だいぶ気分が楽になった。嬉しいことに、墨田区の学校近くにも息抜きのできる有名な庭園があった。向島百花園といい、そこは江戸時代の商人によって造られたが、もともと湿地を埋めたてたのでアヤメや山野草などの草花に特色があった。

石や松など多用する他の大名庭園の厳めしいイメージとはかけ離れたやさしい景色に魅了されて、花の時期、稲は仲間と共に出掛け、楽しむこともあった。特に秋に見る美しい紅葉の庭が好きだった。こうした環境で新しい友人もできたので苦しくても頑張り、意識して田舎なまりの言葉も少しずつ矯正していった。

あの偉人伝を読んだことで、都会に慣れた頃、「看護婦」を志すことに決めた。

ヨーロッパで広まった「ナイチンゲール」の業績を通して、日本でもすでに明治中期には看護教育・衛生管理などの重要性が認識されていた。その後、看護が女性の職業として確立するようにと、播かれた教育の種が実を結びつつあった。

それは日本の医学を効率的に発展させる考え方、あり方を示したことにもなるのだが、英国留学から帰国した一人の青年が博愛主義に基づき、人々の疾病救済を考えた。その結果、病院・看護学校・医学校を一カ所にまとめて設立した。徐々に有志から協力金を受け、皇室や貴族などの支援で発展し、さらに当時の政財界のすべての重要な顔ぶれが揃い、特にあの有名な渋沢栄一の働きがあって莫大な寄付金が寄せられた。それにより民間のこの慈恵大学病院の経営は安定し、看護の教育施設が拡充。それが国内初めての事例になっていた。

向島の生活で努力の甲斐あって、この時期に稲は、私立でなく文京区本郷の帝大附属看護婦養生所を目指し、受験した。幸い合格することができた。しかし三年をかけて卒業することになる。

もう本人の意志を妨げるものは何もないと思いきや、それまで触れたこともなかった華やかで魅惑的な東京の文化に取り付かれて遊びすぎ、単位が足りず留年し、在籍年数三年になった。でも翌年の成績はトップだった。
　実家には「自分は成績優秀に付き、あと一年残るように命ぜられた」などと中間報告していたと、稲は後にいたずらっぽく語った。その話の途中で見せたのは一冊の学術書のように質の高そうな厚い教科書で、使い古していても稲の宝物なのだった。後々のことだが家庭ではその教科書によって症状から病名を確認する役目を果たしていたほどだ。

　もともとは大学附属養生所出の看護婦だが、最初は研修見習いの操り返しの作業から始まり、稲は空気を読みながら、看護婦が詰める病棟管理室と病室との間を忙しく往来する毎日だった。後ほど正式に配属命令が下ったのは、外科だった。自己紹介をする場面では東京弁を使わず、わざと稲はお国訛りで、出身は水戸近郷、趣味は山菜採り、それから木登りして木の実をもぐことが大好きだと語った。すると傍らの老先生が笑いながら、「本当だ、何かと女性も水戸っぽはおっかないなあ」と口をはさんだ。

看護学の授業で身に付けるべき必要項目として、思いやり、安心感、観察力とあったが、稲にとってあの延長した三年目は、特別にプラスとなり、自信につながった。それに加えて屈託のない人懐こさは、職場の少し閉塞的な人間関係を和らげるために一役買った。幼い自己主張を受け入れてくれる大人もいて、間もなく看護の指名もされるようになった。

この病院には看護婦に等級付けがあり、それは成績や経験、経歴その他、総合的な評価によるらしかった。

その少数の上部の看護婦の中に、いつの間にやら稲も選ばれるようになっていた。この帝大病院利用者は一般の人はもちろんのこと、政治家や経済界、大企業のトップや学者、中には幕末の功績があって貴族の称号を得た人など多岐に渡っている。稲が思い出すのは貴族夫人の世話係となり、肩を貸して歩いている時のこと。看護婦を見下すような高慢な態度で、稲が着ている着物の手触りが悪いと注意された。あるいは社交ダンス研究のためパリに国費留学していた男性が性病と診断されたとかで、帰国後、すぐ入院してきた時――それは国費の無駄使いだと言って、すごく憤慨する稲だった。

多くの患者の中には小さな子供たちも含まれるが、特に印象に残った男の子がいた。長い入院生活を送っていた浅草の紙問屋の独りっ子で、稲を姉のように慕っていた。少年が退院の日には「お姉ちゃんお姉ちゃん」と連呼されたが、嬉しさ半分、その別れが本当に悲しかった。稲が田舎育ちで、男の子に叩かれてもはね返すほど野性的な女の子だったから子供心が分かり、何かと少年と通じ合えたので、実の弟以上の関係が築かれていた。

そして他に、稲には考えられない驚きの現場にも居合わせたことがある。この大学病院でも極端な例だった。伝染病の赤痢で高熱下痢の続く孫を助けたい一心で、付き添いの祖母が周囲の助言や制止も全く聞こうとせず、何やら真剣に呪文を唱える。次の瞬間、子供の尻からの汚物を自分の口で吸い取っては吐き出す。非衛生もこの上ないその行為を操り返している。その姿は何と表現したら良いのか、その場の誰も言葉を見つけられなかった。

共同の浴場からまだ明るいうちに戻った稲は、独り座机の前でのんびりと一休みする。

入浴中に聞いた仲間の噂話がちょっぴり気になっていた。同年の看護婦や、まだ年下の学生だと思っていた人でも、片思いしていたり交際中の相手がいるという話だ。今の自分には無縁とは思いつつも、何ということなく「ナイチンゲール症候群」なんていう言葉が記憶から飛び出していた。

それは傷病兵と看護婦間双方《そうほう》に生じる一時的な恋愛感情を意味する。本来ならケア以上の関係がないにもかかわらず、患者が看護婦に恋愛感情を抱いてしまうということだ。その反対の場合もある。

そして寛ぎながら座机の小さな本箱に立てかけた鏡に向かって、今では習慣化している手づくりのベルツ水を掌に受け、顔に叩き込みながら、稲は故郷の思い出にふけり始めた（ベルツ水とは膚荒れ防止のためグリセリン・アルコール・苛性カリ・水を混ぜて作った化粧水だ）。

上京以降初めて帰省した時、甘えん坊でまだ舌足らずの末妹の道子が「姉ちゃん、ラッチョウみたい」と言い出すと、他の妹が「ラッキョウでしょうよ」と訂正。それをきっかけに「それって白いラッキョウだ」とか「首長だよね」とあれこれ言い合って、たまに帰郷した稲にまとわりついてくる。幼い妹たちが嬉しさを爆発させていたその情景が瞼に浮かんでいた。


手鏡相手に稲は独り言をつぶやく。

時には私だって退屈してる。

子供の頃、赤毛を赤っ毛と言われて追われても、私は平気、何とも思わなかった。まわりの子より、背が少し早く伸びたことで「デカ・デカ・デカッ」などと言われもした。妹が付けたあだ名は〝白首らっきょう〟。でも白い襟足がどんなに着物姿に映えるか、今自分が一番よく知っている。

それから稲は顔のパーツを分析し始めた。

私の瞳はきついと言われるけど視力は抜群よ。それで鼻の高さはほどほどだし、とにかく団子鼻じゃなくて、よかったわ。それに虫歯なんて一本もないのが自慢だけど、少々口が大きいのは我慢どころよ。

母から譲り受けた大切な鏡。今が一番若くて美しい私なんだ……。

ところで大学病院では、稲は〝おぴい〟というニックネームで呼ばれていた。それにはおしゃべりで、出しゃ張りな娘、イコールおちゃっぴいからお転婆娘のおぴいといったことが由来である。院内の誰かが言い始めたに違いない。本人はそう呼ばれるのを嫌がってはいなかった。いつも苗字だけの呼び名では真面目人間みたいで面白くないと内心思っていたからだ。

病院の医局には何かの用事で稲も立ち寄ることがある。そこは役職・研究室を持っていない医師たちの溜まり場とも言える所だ。医師に一台ずつの机があり、私物などを置いている。帝大病院は、当然ながら多くを帝大出身の医師が占めている。ここで簡単な会議が開かれることもあった。顔ぶれの中には、患者に注射するのが苦手で、いつも看護婦を頼りにする研修医もいる。苦手克服は本来、現場での経験次第なのに、臨床実習が見学型なので、つい見物主義で終わっているのが原因だと思う。数人の外国人医師たちの中には、稲のことを「私の国の女性と似ている」と言っていた大柄な姿も見えた。これら大勢の医師には、一部私立大や他大学医学部出身の医師が幾人かいたけれど、何となく肩身が狭そうな雰囲気や不偶さが些細な場面で見受けられることもあった。その複雑な人間模様も稲には興味深く感じられた。しかしそれは他人が問題にすることでもなく、その医師本人が医療に対してどんな信念を持っているかが大切だと思う稲だった。

「医は仁なり」という言葉がある。

人は最終的には医師に命を委ねる時が来る。でも貧しくて必要な医療まで辿り着けない人だって多い。それゆえに〝思いやり〟という最高の徳を、医者ならば技術と併せ持っていてほしい。これは稲たち看護婦の初心に求められていることでもあったからだ。世間的に地位の高い人や金持ちの患者たちには、ともすると下手《したで》に出る医者やそうでない患者を見下す姿もあり、傍で見ていて見苦しい。そんな医者は誰からも尊敬されてはいない。

外科は、長い時間、厳しい手術に携わることも多く、一般的には開放的な性格の医師が集まるといわれる。特別大きな手術が終わったあと、そのグループは別室で自然に酒宴を始め、ダンスのペアが何組も発生し、踊りだすのだった。自然なことも、不自然なことも総じて当時は「天下の東京帝大だから当然」という特権意識があるのも確かだった。大正時代までは、学科ごとに成績がトップの卒業生に対し、天皇陛下から銀時計が下賜されていたという話があるほどだ。

維新後、あの鹿鳴館時代を皮切りに社交ダンスは病院の医師間で盛んになっていた。稲も見学したり誘われたりするうちに興味を持ち、休日にはダンス教室に通い始めた。ついには単なる趣味を通り越し、より深くダンスの研究をし、欲張って指導・経営者にもなりたいと身を入れた。そこで稲は本気で行動を起こし始めたのだが、社会情勢の不穏化に伴い、定期、不定期にかかわらず、人が集まる所は治安のため警戒を厳しくしていた。それで治安維持法の関係から警察での手続きや許可が必要だと知り、急にこわくなって一歩手前で止めた。

一九二五年（大正一四年）の段階で問題の治安維持法はすでに公布されていた。初めての普通選挙法（男子のみ）も同時期に公布されていた。

この頃、国民生活を支配する資本家対労働組合、地主の圧政に対する小作と農業関係者の運動も盛んだった。その他、女性や被差別部落民の解放運動も活発化していた。その中から国の統治のあり方、天皇制や政治社会制度を変えようとする共産主義運動さえ進展してきていた。

このように激動する社会では、どこに潜むか分からない危険人物やその協力、支持者など、過激な社会思想を取り締まるための強化法が必要だったのだ。

反面、人の行動や言論の自由を奪うことにもつながるのではないかと警戒されたのも、この治安維持法だった。一般市民が巻き込まれるような不安要素の存在が、たとえば身近な酒場や喫茶店、ダンスホールなどにまで想定された。まさしくそれ故に自分を常に案じている故郷の父母に心配や迷惑を掛けることになっては申し訳ないと、自制した。稲は、そういう不自由で重くるしい場面に出合っていたのだった。

思いがけない便りが、突然やってきた。

「チチ　タオレタ　スグ　カエレ」。一九三三年（昭和八年）夏、夕方寮に戻り受け取った実家からの電報だった。とにかく夜明けを待って始発列車に乗った。

車中では、頭の中で同じ疑問ばかりを操り返す。〝倒れる〟とはどんなふうなのか、なぜ、どこで。早く、早く走れ、と祈り続けていた。会ったら父に相談したかったことが、心の中に積もっていた。

家の屋根が見えてくると胸騒ぎがして、稲は走り出していた。そして履物を脱ぎ捨てるようにして、中に駆け込んだ。

横たわる父の棺、それは最悪の事態だった。稲は間を置くこともなく、ひどく取り乱したまま、自分も中に入ると言って泣いた。周囲にいた人はオロオロし、皆涙した。稲はただただ虚《うつ》ろなだけの自分があわれだった。

父親は真っ昼間、畑仕事の最中に、脳卒中で倒れた。発見されるのが遅すぎたのだと知った。

いつもゆとりがあり、心が広かった父は、その時五三歳であった。

この家族にとって父親の死は早過ぎた。きつい仕事の農家なのに、しばらくは途方にくれるだけの手弱女《たおやめ》の母と子供たちが残された。七人きょうだいの末っ子の久仁於はまだ就学前だった。

そんな状況でも二〇歳過ぎの稲は、母親と年下の長男保治に当座、家のすべてを託し、まず自分の自立を考えるより他、術《すべ》がなかった。

大切なことは自分に自信を付け、身を固めること。そうしなければ家族のことはもちろん、何事も好転させるのは無理。独りでまた決断し、東京に戻っていった。

父の死による家運の衰退に付け込まれ、実家ではその後二度も火付け騒ぎに見舞われたが幸い小火《ぼや》で済んだという。そんな不可解な放火事件もあった。稲が一時様子を見に実家に戻った時、借金取りがやって来ていた。付けで物を買っていた母親が、床に頭を何度も下げて、返済の延期を頼み、謝り詫びていた姿に、涙が出る思いがした。

そうした時期故、稲は実家にたびたび帰った。そしてたまには倉庫からじゃがいもを自ら出してきてゆでる。おいしい、うまいと言いながら母親の前でそれを食べて見せる。すると「お稲が帰ってくると種いもまで食べてしまう」と言うのだ。何もない田舎家ではそれが母を喜ばすための、稲流の一つの孝行でもあった。そして思い巡らせた……。

裕福な家から母トキの嫁いだ先があまりよくなかったとはいえ、こんなに苦労してきても気丈にふるまっている。早く夫を亡くしたのに、不満や愚痴の一つもこぼさずしなやかに子供たちを育てている。やっぱり武士の娘とはこういうものかと、稲は母親を誇りに思った。

国内政情の不安は、都会に住む稲の生活や意識にも影響を及ぼし始めていた。特に仕事などに対し自身に甘え、マンネリ化しているのが許せなかった。

かといって父の死後、何をどうして良いか分からない。夕方になると遠くから響いてくる豆腐売りのラッパの音《ね》が、さらに孤独感を誘った。

ふわふわ浮ついた自分を考え直し、改めたかった。

そこで看護について幅広く勉強するためと言って、外科から別の科に異動させてもらいたいと願い出た。それからは産婦人科が当面の転入先となった。外科にはなかった経験をすることが多くなった。そこでは切羽詰まった場面に立ち会うことやハラハラさせられる出来事があった。自分よりも年下の若妻がお産を目前に、控え室でその痛みに耐えられず喚《わめ》いている。そばで宥《なだ》める中年の夫。にもかかわらず急に「嘘つき」と泣きながら夫を詰《なじ》る妊婦の変貌。お互いにこんなはずはなかったと言いながら、夫婦喧嘩がその場で親との同居を拒否する話にまで発展していくのを見た。

また、稲は〝ハッ〟と肝を潰す経験をしていた。ちょうど産湯から上がり、バスタオルに包《くる》まれてきた新生児を受け取った。次に体の向きを変える際、なんと段差もない床に躓いて〝つるっ〟と赤ん坊を落としそうになった。咄嗟《とっさ》に踏みとどまったが、ぞっとして血の気を失うほどのショックに固まってしまったこともあった。その後のこと、さらに強烈な思い出があった。

記録的猛暑となったある夏のことだ。海水浴場として有名な熱海海岸への来訪者は連日満員で、真夏の殺人的陽光のもと、日射病にかかる人が続出。バタバタと倒れて死者も出るほどの状況が報じられた。

そのために医師や看護婦の応援が必要とのこと。その要請に稲も応じて、俄かに忙しく日焼けに関する啓蒙対策や対処・処置に当たったことがあった。

稲自身が看護婦派出所の中心となる場面もあり、多くの看護婦たちを現場に向かわせるが、途絶えることなく大勢の患者が出た。このような異常事態にあって一夏で大きな収益が上がっていたのには、今まで院内の現場だけしか知らなかったので全く驚く他なかった。

三　新天地の桐生市へ　忍び寄る戦争　成るように成る

稲は大学病院内に限らずいろいろな事柄にふれ、人としての体験もして自分を強くしていけると思ってきたが、しかし何となく息苦しさを感じる東京生活を何らかの形で脱け出したいと考え始めていた。

その矢先、院内掲示板を見て、群馬県の桐生市で今は閉鎖中の医院を復活させるというニュースを知った。

その件に関する発信元は、外科の顔見知りの杉林医師だった。話によると、開院の態勢づくりは最終段階に入っていて、経験のある看護婦を若干名採用するという内容なのだ。稲は桐生市という街が織物で有名なことにまず気が付き、興味が湧いた。応募者は二人だけだった。それから間もなく稲は採用されることになる。もう一人は担当したばかりの仕事があり、その切りが付き次第桐生に向かうということだった。桐生行きを決めると、稲は気分が落ち着いてきた。昭和に入り軍国主義が進展してくると軍のみならず、国まで天皇機関説を捨て去った。代わって国防こそ最高の価値だと公表し、国民の生活は露骨に二の次となってきた。

そうした時、桐生につながる一大ニュースが報じられていた。

一九三四年（昭和九年）秋もだいぶ深まった十一月の中旬4日間に、群馬、栃木、埼玉の三県下で、陸軍特別大演習が行なわれた。

天皇はこの観兵式に親臨のあと、群馬県の桐生市に行幸することになっていた。巡覧の目的個所は二つで大学と民間会社があり、織物関連全般に関係する研究機関でもある桐生工専（現群馬大学工学部）並びに市内民間のK織物機械会社だった。そこで全市挙げて奉迎の準備に追われながら、細部にわたり粗相なきようにと練習を操り返していた。しかし予想外なことが本番で起きてしまった。

新聞、ラジオの総活的報道によると、奉迎で先導する運転手は緊張のあまり、お車のコースを誤まるという失態を犯した。いわゆる〝昭和天皇の誤導事件〟だった。そのため、失態のお詫びに全市民が黙祷を捧げた上、市長をはじめ県知事など責任者たちは懲戒処分を受けたということだった。

こんなニュースを耳にしながら、稲は少しばかりの思いを残して東京を離れる決心をした。

初めての土地ゆえ不案内だったが、いよいよ桐生駅に着くと杉林先生が自ら出迎え、手筈通りに人力車が待っていた。そして駅から二人を乗せた車は本町通りに出ると南の方向に走っていった。するとその途中でのこと、人力車上の先生に気が付いた知り合いの洋品店店主に、店先から呼び止められた。何やら先生と挨拶を交わしたあとに店主は二人を見比べ、左手小指を胸の前で意味ありげに立てた。それには素知らぬ顔で先生が先へと促したので、人力車はそのまま通り過ぎていった。

今の稲にとって、これからの転職先でお世話になる立場。人の想像など、自分には何の関係もないことだった。そのようなことから判断すると、先生は東京時代より地元の方がもっと女性たちにモテる人なのかもしれないと感じたのだった。

大きな敷地の北側。広いアプローチのある入り口近くには二、三本の背の高いヒマラヤスギが茂って影をつくり、洋風建物の窓にその樹木がマッチしていた。長年、主《あるじ》がなく閉鎖していたのだが、再開された杉林医院は夫婦が共に医師だ。女医先生は背も高く色白の小顔、包容力と抑制力を併せ持つ知的印象の方だった。

院内の敷地には別棟で従業員の部屋もあり、賄い婦、お手伝いさんなどの関係者が住んでいて一時的に稲も世話になったが、いつも賑やかな声がしていた。

先生は気短な性格なのに釣りが趣味。広い和室の一部屋全部に釣り道具。暇があるとその中で胡座《あぐら》をかき、高価そうな道具の手入れに余念がない姿が見られた。院長夫妻の専門は外科や内科などの診療が主だったが、市からの委嘱により、学童たちの予防接種、身体検査他、会社依頼の社員検診なども受け付けることもある。稲も新しいこの職場に慣れつつあった。

一方、年が明けても市民の間や医院の待ち合い室では、昭和天皇誤導事件が興味本意に受け取られ、責任者の処分とか運転手のその後などが格好の話題であり続けていた。それは国民の感覚を統制する軍国主義の波が確実に日常的になっていることを意味していた。でも稲にとっては、その事件が未来の夫となる徳夫を知るきっかけになった。それは彼が天覧の対象になっていた民間のK織物機械で働く若き社員だったからだ。

間もなく先生の仲介の労も功を奏したのか、徳夫と稲の仲も大きく接近し、ごくあっさりと二人は所帯を共にすると決めた。それからすぐに共働きに都合の良い所に二間ばかりの小さな借家を見つけた。それは一九三五年（昭和一〇年）秋のことだった。玄関には医院からお祝いとして贈られた小さな白木造りの下駄箱を据え、少々の家具と道具が納まるや新婚生活が始まった。

何の祝宴もなしだった。けれどそれより数カ月前、二人で稲の故郷訪問の計画が実行されていた。それが初めての旅行となるので、水戸周辺の有名な史跡めぐりは階楽園から始めた。

実家では母親や弟妹たちを順に紹介し、父親の墓参りも果たした。そうして数人の縁者も交え、家で、田舎料理の形ばかりの銘々膳を揃えた。歓迎と祝いの言葉は、徳夫と同年の長男保治が述べた。

ただ稲の身内には酒を嗜む者がいなかったので、酒好きの徳夫にお酌が集中することになった。終始ご機嫌な様子なので周囲はほっとしたらしい。

二人が並んで撮った写真を見ると、若々しい徳夫の顔にはけれんのない喜びが溢れていたが、少し斜め前の稲は、緊張する場面でもないのに表情が少し固い。でも総じて記念写真として良い一枚だった。


しかし、この昭和一〇年代は日本にとって特に最悪な時代になった。世界経済はすでに一〇年ほど前から大恐慌時代に入っており、資源物資を狙う列強に続けと結局遅ればせながら日本も南方経済圏に進出しようとしていた。深刻な政治上の内乱事件や日中事変まで起きている有様だ。

英独戦争の勃発から始まった第二次世界大戦の頃から日本は日独伊三国軍事同盟を結んでいた。そのような中で日中戦争の疲弊などを引き摺りながら大胆にも米国の真珠湾を攻撃し、泥沼にはまっていくことになった。

この奇襲を契機に日本は自ら大戦に参入したのだが、ミッドウェイ海戦で日本の艦隊は、重要な航空母艦四隻を失うなど大打撃を受けて後退した。しかしそれでも精神論や神だのみで、あの裕福で強大な米国との交戦を進めていった。

その後まず同盟国だったイタリアが無条件降伏。日本国内では日本の未来を背負うはずの若者たちまでついに学徒出陣。三〇歳以上の男子にも召集令状が出された。このような状況下にあって、一家の大黒柱、徳夫にも召集令状が届くことになる。


結婚した翌年に稲には長男が、続いて二、三年おきに女の子が生まれた。次女の時からは社宅住まいで、誕生日は一九四一年（昭和一六年）十二月、真珠湾の日に重なった。

この戦争を見越した国の宣伝標語がある。人的資源の増強のためと称し、「一〇人以上の子供を持つ家庭を表彰する。生めよ、殖やせよ」と。早婚・出産が国策として奨励されていた。いくらなんでも、戦争で人を殺めるために女は子を生もうとは思わない。と同時に、男尊女卑は当たり前に続いていた。燈火管制下で、光が外にもれないようにと窓に黒地カーテンをしつらえ、電灯には黒い布をかけてある。その和室六帖が産室だが、各家を見回ってくる町会班長の怒り含みの声がかけられる。

「光がもれてるぞ。しっかりしてくれ。迷惑だから」

すると、これに妊婦の稲は、いら立ちながら、「今、子供が生まれるところなんだから‼」と大声で答えていた。だから稲は生まれた三人目もまた女児と知り、少々がっかりしていた。ぼんやりしながら目を反らし、時々背を向けていたら、傍の赤子は可愛そうにお乳を吸わせようとしても一刻、吸い方を忘れていた。この末っ子を徳夫の出征した留守中に出産すると、稲は四人の子持ちになった。

それは夫の戦地見送りの日のことだ。

赤紙の令状を受けた会社員たちには、いくつかのグループから壮行会と称して料亭などで宴会が設定されることも多かった。酒好きの徳夫は複数回誘われ、酔っぱらってのご帰宅となり、夫婦でゆっくりまともに会話のできる状態でなかった。

出征当日の朝、彼はさすがに緊張して起きていた。一九四三年（昭和一八年）、近隣から出征する人の見送りで高崎練兵所は親戚や家族が日の丸の旗など手に持って集まり、ごったがえしていた。稲も子供たちや身内と一緒にこの場所へ駆けつけた。しかし小さな子供もいるので目が離せない状態だった。整列した兵隊に参集者はそれぞれ別れの言葉を投げかけた。

「元気でね」「必ず帰ってよ」――。

そして出発となると、列車の窓際ホームには織場《はたば》という土地柄のせいか昨夜の料亭の賑やかな女性たちが詰めかけてきて兵隊を元気付けたり別れを惜しむ。実のところ、その姿は恋人か愛人か、単なる商売の義理でなのか分からない。〝女房が思うほど亭主モテもせず〟とは他人のこと。稲はホームの柱に隠れて涙を流した。それから発車直前に徳夫の窓に近づくと悲しさ悔しさが百倍になって最後の別れ際にこう言った。

「運良く帰って来たら……今度は私の婿にしてやる」

恨み半分、言葉にきつい毒のある卑女《いね》になっていた。現代女性に言わせれば「男性をお嫁にする」ということだ。

小糠《こぬか》三合あったら婿に行くな、多少でも蓄えがあれば、男は婿や養子になるなということわざは、ふるさとにある教訓だった。

国民は戦争に伴う経済逼迫によって窮乏生活を余儀なくされ、政府は生活必需物資統制令を公布した。砂糖やマッチなども切符制、通帖制となった。

特に米穀政策では生産農家は自家保有米を除いて政府に買い上げられ、国家管理となり、その政府米は国の指示に従って各方面に配給された。

戦中に留まらず、戦後も食糧難には誰もが苦しんだ。

隣組のさつま芋の印象的な配給風景があった。地面にころがされた一班分の袋の芋を主婦たちが囲み、大まかに各家庭分に分ける。一応各自、一山を選ぶ。中にはちょいとばかりだが下駄履きの足先で他家の分から小さな芋を自分の方にくすねる、そんなお隣のおばさんの姿も普通に見られた。

稲は実家から一回り年下の妹、四女道子を桐生に呼び寄せ、仕事を見つけてやり、同時に何らかの資格を取るようにしむけた。二女のナミには手に職のある市内在住の人と見合いをさせ、早々に嫁がせていた。しかし、東京のデパート勤めのナミには大学生の恋人がいるからと渋るのに、「そんなのはウソ。騙されているのだ」と言って、無理やり呼び寄せてのことだった。三女のミヨは自ら実家の方で和裁を手堅くしていた。

それらはみな父を亡くしたあと長女としての責任を果たし、保治や実母の負担を軽くしたいという思いにつながることだった。

道子は毎朝弁当を作って仕事に出掛けるのだが、傍で姉の稲が覗き込んでは、「しっかり自分の弁当にはごはんを詰めてるねェ」と時々嫌味を言った。「本当は、弁当の底は全部さつま芋ばかり。私、他人に見られると恥ずかしいので表面にはごはんを薄くよそって隠しているのに」……と道子は思う。後にその話が出るたび、意外にも稲は答えようのない顔をして黙っていることが多かった。

稲の子供たちには、共に暮らしているこの年若い叔母は実の姉と同じこと。みんな大好きなので姉ちゃんびいきの目で二人の会話する様子をただ見ていた。いつも食料の買い出しでは、子供二人をこの若い叔母に預け、稲は赤子を背負い、子供の一人を引き連れながら、大きな風呂敷包みなど抱えて家をあとにする。渡良瀬川の橋向こうに広がる農村で大豆やその他の作物を目的に、持参してきた着物、食器などと物々交換するためだ。

家には砂糖などなく、大豆は水でふやかしたあと、子供たちに手伝わせながら擂り鉢ですりつぶし、そのまま水分でのばして味付けしたのが呉汁として出された。子供たちは滋養があるからと言われ、おいしいと思って食べていた。

人は気持ちに余裕がなくなってくると、仲の良い身内親戚や隣近所、町内のつき合い方にも変化が生じてくるものだ。

物がないところではつい独り占めの心が湧いて、分け合うという行為ができなくなってくる。そこにはギスギスした感情や不信感が生じて人間関係が悪くなるのが常だった。それでも稲は思い切って一応農家である実家に甘え、食料を分けてもらうため茨城まで出掛けていった。しかし帰りには列車が停車中、警察による一斉摘発に引っかかると「ヤミの買い出しじゃない。今夜、これがないと家で待っている四人の子供が死んじゃう」と必死に抗議して逃げ切ったこともある。

ある日、自宅から買い出しに出た先、国が統制する品を横流ししている知り合いの所で、運良く肉の塊を手に入れた。その帰り道、半分を近くの家々に立ち寄り、乾物などと交換してきた。でもその肉塊になったいきさつを聞いた子供たちは気味悪がり食欲が失せた。料理の肉が夕食に出てきても受けが悪かったが、稲や叔母は黙々と食べていた。

とにかく食べる物にありつけるうちはまだ良かった。徐々に本土空襲が本格化して、警戒警報が重なってくると、ようやく知り合いや義父の手を借り、防空壕を家の北側に掘り始めたが石ころだらけの土地で失敗。再度、南側に掘ったが、もう防空壕に避難するだけでは済まなくなった。警報が鳴ると家族は暗い夜に川原の方に、あるいは反対方向の街中に向かい、噴水の止まったままのロータリーまで手を取り合って逃げた。そこでは隊列をなして夜空を太田方向に飛ぶ米英機を、みんな頭を低くしてやり過ごした。でもおとなりの社宅にはいつも避難を諦めた母親と子供たちがいて、家で次々に結核で亡くなったご主人と娘の位牌を抱いて押し入れの中に隠れた。多分、防空壕があったとしても避難する気力が失せていたのだろう。

危険分散を考えて稲は三歳と五歳の我が子のためには、ここ桐生市よりも実家の方が安心だと考え、茨城の大宮に疎開させることにした。それは身軽でいられる夏の時期だった。

その二人の幼い子供は戦争などあまり意識することもなく、地元の子と裏山で遊んだり、たまには、紀矢叔父、または寝そべりながら歴史小説を読む久仁於叔父に構ってほしくてしつこく絡むが、まだ若い彼らはすぐ逃げ出した。それから闘鶏のために飼っているシャモの籠の方に歩いていくのが見えた。しかしそれなりに子供は田舎生活を楽しんでいた。それでも退屈し、飽きてしまうと母親が恋しくなり、こんなことを言っていた。

「早く桐生のお家が燃えちゃえばいいな……そうすればお母ちゃんが来てくれるもの」……と。

大人たちはエッと驚く。疎開中で不憫に思って接しているのに……と。苦労も心配も知らないのが子供たちだった。

しかしその後、一九四五年（昭和二〇年）七月、戦争末期になると茨城県の軍需都市の日立では米英艦隊による艦砲射撃でわずかの時間で工場や民家が破壊され、沢山の命が奪われた。さらに日立製作所や日立兵器工場がある水戸市も米機に狙われ空襲を受けた。他方、群馬県の織物の街桐生市はこのようなことはなく、一部に焼夷弾が落とされたということだった。そして桐生から近い栃木の太田市で飛行機工場が破壊された。でも運良く、子供たちはどの県にいてもみんな無事に過ごせていた。

四　終戦、そして戦後の暮らし

一九四五年（昭和二〇年）八月六日、Ｂ－29によって広島上空に投下された原子爆弾は稲妻の何千倍もの閃光を放ち、市の中心部で爆発。広島市内は地獄絵図と化した。

・八月七日、米国は日本がポツダム宣言（敗北を意味する）を受諾しない限りどんな都市機能も迅速にかつ完全に抹殺すると警告声明を発表した。

・八月八日、ソ連が急に日本との交戦を宣言。

・八月九日、長崎に二発目の原爆が投下され、多くの生命が奪われた。政府や軍部は、これらの厳しい最終情報を知りながら会議を続行していたが、見通しも立たず、ついに閣僚会議にまで持ち込んでも、堂々巡りしていた。日本外交が細々と開いていた中立関係にあるソ連に頼り切って、終戦の調停役を期待していたことが日本の悲劇を倍加させる原因になるのだった。

ソ連が急いで参戦してきた理由は、先に行なわれていたヤルタ会談の協定によって、「日本が無条件降伏を認める前にソ連が抗日戦に参入すれば、北方領土・南樺太やその他の権益が得られる」と約束されたからだ。四〇年前にあった日露戦争敗北の屈辱感を呼び起こし、参戦したのだと思われる。けれど米国は少し前、原爆実験に成功していた段階で、もうソ連の対日参戦は不要になり、自国の兵の消耗を避けるために原爆投下という戦法を早々に取った。英国は、むしろこれからは共産主義への対応の方が重要になると考えていてソ連の対日交戦には否定的ではあった。この情勢から、のちに東西冷戦時代が始まることになろうとは一般の人は考えもしなかった。同盟国のイタリア、ドイツが降伏した後の日本は、全世界を相手にして戦わねばならない。戦争遂行能力の抹殺声明が出されている日本は土壇場に追いつめられても、頑なに守ろうとしていた〝国体護持〟の意味など全くなくなっていた。そんな中、和平によって国を救うしかない、と考えた少数派の最後の期待は天皇の決断一つにかかっていた。

改めて敗戦について考えてみると、弱体化している日本を降伏させる方法は他にもあったはずだ。

米国は不名誉にも地上初、大殺戮が目的の原子爆弾を日本に投下。それも広島と長崎に落とした二発が、未曾有の残酷さで一挙に多大な犠牲者を出した。これは爆弾の威力を試すためで、日本人は実験のモルモットにされた。その深意には、人種差別、アジア蔑視の問題も推察できる。政府が敗北の決断ができない中で、この二発と東京大空襲（B－29から大量の焼夷弾投下）も含めて、たった数日で三〇万人が命を落とした。

そののち意図は異なるがケロイドを負う「原爆乙女」たちが招待され、先進治療を受けるため米国へ飛び立つニュースがあった。これも投下後の結果研究に資するもので、米国の優位性が読み取れた。

日本は以来、戦争を放棄し、精神的に平和を維持し継続させてきた。けれども決して原子爆弾を容認していないことが日本として当然の誇りだ。その後いまだに米国の大統領が外国に出向く際には核ボタンを納めた黒鞄を携帯する随員をつき従わせている。その姿をテレビで見るたび、大国の反省のないおごりだと思わざるを得ない。時々の戦乱で、人間が残してきた憎悪の種は、何年経っても生き続け、形を変えていつまた芽を吹くか分からないのが心苦しく、恐ろしい。

広島への爆弾投下から一週間が経ってやっと一九四五年（昭和二〇年）八月一四日にポツダム宣言受諾。その翌日のこと、重要な玉音放送があるということで、稲は隣近所の家族と椅子代わりの物を持ちより、庭に集まって、縁側のラジオを囲んだ。それが昭和天皇による戦争終結のラジオ放送だった。音質が悪くて内容は聞き取れなくても、その重くるしい雰囲気から敗戦を感じたのだった。

雑誌・新聞などにその後書かれた玉音放送の内容や要約文などには、「……耐え難きを耐え、忍び難きを忍び、以て万世のために太平を開かんと欲す」とあり、天皇は世界人類の平和を実現する道を選び、自らの処刑も覚悟で決意を述べたというのが要旨だった。戦争は誰にも止められなかった。日本はこのように天皇の存在を利用することでようやく敗戦を認めるに至った。

徳夫が外地から帰還するまで丸二年が過ぎていた。その間さらなる戦況の悪化を予感していた稲は、最悪の事態となれば看護婦の召集もあるだろうと想定した。親のいない我が子供たちの行く末を心配して、残念ではあったがギリギリのところで免許を返上した。その時、稲は家族に廃業という言葉を使った。本当に無念だったのだ。

ようやく兵役を解かれたあと、帰国の挨拶のため、徳夫は真っ先に近くに住んでいる両親の元へ行った。それと知った稲は、気持ちが収まらず激しく怒った。留守中に生まれた乳飲み子や幼い子たちを最初に見て、抱いてほしかったのだ。そして、独り奮闘していたことも知ってもらいたかった。けれど一段落してみると、彼の精神状態には何か余裕がなくなっていると感じた。途端に稲は張りつめていた自分を自制し、平常を装うつもりが心の中はかえって限界を感じて不安が静かに広がっていくのを自覚した。

徳夫の所属した陸軍部隊は満州のハルピンに移動したという。いよいよ南方に出立する段階となったが、すでにその頃彼の心身の不調が始まっていた。軍隊が他国に駐留している間には、目的が戦争とあれば、騒動や略奪、襲撃などが重なって起きる。そんな中、兵隊は各々の立場で、彼を含めて皆苦闘していたのに違いなかった。徳夫はまず耳が聞こえなくなり、自分の感覚、意志が朧《おぼろ》になって、上官からお前はもう使いものにならないと言われるほど神経を病み、行動が鈍くなっていた。

それゆえ見限られ、南方行きは取り下げられて置き去りになった。それからはリンゴ箱を台にして通信作業に従事させられていた。

米国は敗戦の日本に、まず不戦と天皇制の廃止を求めた。けれど国を復興させるには早く日本人が一つにまとまることが重要で、それには天皇の存在自体が役立つと判断。結果として新憲法では天皇は日本国民の象徴であると明記された。

「兵隊たちが本当に命がけで戦っていたのは、何のためだったのか、銃後を守ると言いながら、内地ではこんなにけじめもなしにみんな身勝手に生きていたのか」と憤《いきどお》る徳夫。せっかく故郷に帰還し、元の会社に復帰してもしばらくはその環境に馴染めなかったようだ。

稲と徳夫の噛み合わない日常が始まった。ある夕方、些細なことから諍《いさか》いになった。出征時の見送りや、終戦で帰宅した時、夫がとった行動などから受けた心のわだかまりも消えていない稲は、赤子を背負うとそのまま家を飛び出した。そして金桜橋の袂《たもと》から川に飛び込もうとして立っていた。一連の行動から本気だと感じた徳夫は急ぎ追い付いて稲から赤子を引き離すと「馬鹿はやめてくれ」と言いながら、子を抱いて先に帰った。

これはお稲の狂言、お芝居のようにも思われた。しかし不安定な自殺願望が消えれば、それで別に問題はないことだと徳夫は考えた。

戦後、荒廃した国土の後片付けが始まったばかりの翌年に、一つのニュースがあった。昭和天皇の「東京・神奈川御巡幸」の記念事業の一つとして、新宿伊勢丹において産業関係の展示会が開催された。開期は一九四六年（昭和二一年）二月一二日から三月七日で三週間。天皇制はくずれ去り、その後天皇自ら〝人間天皇〟を宣言したが、これからの日本復興の後押しと力強さを印象付けるという目的があった。

そこに桐生市から、東京に支社のある徳夫の勤める織物機械の会社より何台かの紡織機械を出品展示することになっていた。上司の命令で天皇の御前の説明役が徳夫に回ってきた。時節柄その役に手を挙げる社員がいなかったか、あるいは彼が会社の奨学金に頼って学校を出ていて受け身の立場だったのが原因なのか、理由は定かではない。

慣例として平服というわけにはいかず……でも礼服など持っている知人も周囲にいない。徳夫は困惑したが自前で準備しなければと覚悟していた。

すると夫のためならと稲の方が張り切った。知り合いの一人に辿り着いて聞くと、「家《うち》の主人は紳士服の仕立てが専門だけど」……と。話を進めた稲は夫のモーニングの仕立ての交渉がうまくいったので早速製作を依頼し、一件落着させた。

末娘が学校に通うようになってからは、稲は昼間、時々独りで映画館に行っていた。当時流行していた三益愛子が主演の泣ける母もの映画や、戦争の『きけ、わだつみの声』など、むごい仕打ちを受ける兵隊のつらく悲しい話を暗い席で見て、稲は過呼吸になり卒倒するほど思い切り泣いていた。他の観客も同じく泣くことを目的に来場しているので、稲がどんなに泣いていても自然で全く目立つことはなかった。それで心洗われたり気が済んで帰宅していた。同じような動機から、折をみて出掛けるうちに稲は占いや手相を見てもらうことにもはまった。

「あなたには商才があるから、一生小金に困ることはありませんよ」とか、また別の所では「四人の子供たちの中で、将来、一人だけ役に立つ子が出る」などと言われると、つい近所の友達の家や市内の妹宅に出向き、それを話の種におしゃべりを楽しんでいた。

「嫁姑問題はつきものだから私、長男とは初めっから同居するのが希望なの」と言いながらも、「母親の役目は四人の子供たちが各々《それぞれ》相手を見つけ、人並みに結婚するところまで……かな。そしてたとえ寝たきりになっても一カ月くらいで終わりたい。私はそんなに長生きしようとは思ってないから……」と言った。そして自分への戒めには、子供の前で夫婦喧嘩はご法度ご法度などと持論を述べた。

夫が休日の午後、遅まきながら思い切って稲は縁側でお茶を飲みながら報告する気になった。そこで彼が応召されたあと、自分たちの日常がどんな感じで、どのように過ごしていたか。衣類や持ち物の入ったタンスを開けた時、タバコのようなニオイがすると、ことさらに空しく感じたものだと話した。戦時中の生計のためにと渡されていた通帳や金銭の覚え書きなどをタンスから持ち出してきた。それらは、ほとんど稲が夫から当時受け取ったままの形で残っていた。残念ながら、それは皆無意味なことになっていた。というのも戦後の政治経済、文化教育、すべての価値観がひっくり返ったからだった。気丈にも遣り繰り算段したからとはいえ、女手で二年間子供を抱えながらあの酷く苦しい戦時をいかに切り抜けたのか。それを知ると、さすがに徳夫は驚くのだった。

その様子を見ると稲は心から満足し、安堵した。

これからは子供たちの教育が大事。新憲法の下で男女同権、平等な教育を受けられるチャンスのある国、民主的な国となっていくのだと期待し、未来は明るくなっていくだろうと稲は思った。

そして我が子たちも進学を希望するならば、応援してやろうと二人は思いを確認していた。


その頃、長女の翠が入学した市立の小学校は終戦翌年一九四六年（昭和二一年）の一学期までは国民小学校の名称で、授業は朝と昼の二部に分けられていた。時に勘違いして昼に登校した翠が、誰もいない玄関口の下駄箱の前で一瞬訳も分からず大泣きした末、帰されたこともあった。当時は生徒数に対し教室が足りなかったのだ。前年度の古い教科書が教室で配られたものの、黒塗りされた部分が多く、それもすぐに回収されてしまった。

紙不足で一時しのぎの摺り物が改めて回されていたけれど、紙質が粗悪で破れやすかった。高学年の四年生になると、ユネスコの活動により給食が提供されるようになった。脱脂粉乳やコッペパンは有り難かった。だが子供によっては好き嫌いもある。特に塩味のワカメスープを嫌い、泣きながら「薬くさくて飲めない」と拒否していても無理やり「下校までに飲め」と命じる若い先生もいた。本当にそれは虫下《くだ》しと同じような味がして、冷めるとさらに飲みにくくなった。

思えば子供たち四人の間で後々、笑い草にもなっていることがあった。上の三人の時には思いもしなかったが、末娘の小学校の卒業時にはぜひ皆勤賞を取らせたいと稲は思った。入学早々実行したこと、それは多少熱が出ていても、英子をおぶって教室に届け、出席させたことだった。だから成績も良かった。

子供たちから手が離れ、少しずつ自分にまとまった時間が持てるようになると、稲は手編みの次に機械編みを習って、セーターやパンツを何着も編み、子供たちに着せた。古い物をほどいた順に無計画に毛糸を編み込み使っているので、後ろと前や右側と左側の糸の分量にバランスを欠き、いつも見た目が大胆な模様になった。デザインに関しては一言ある徳夫は、そのいい加減なセンスに対し、いちゃもんを付けた。

戦後は着物を着る人が徐々に少なくなり、女性たちは身軽な洋装に飛び付いて、下駄も靴に変わってきた。服装に限らず、当然その現象はパーマネントや化粧品にも及んだ。東京パリ間で華やかに活躍し、名を挙げたデザイナーたち。その話題が新聞やラジオ、そして日本に初めて登場したテレビジョンで報道されると、国内には洋裁学校・ドレスメーカーが林立。美容室や化粧品の訪問セールスなどがこの小さな街でも広まっていった。稲は末娘にパーマをかけさせたり、上の娘たちにはヘップバーン刈りを勧めた。しかしここでも徳夫は伝統的な前髪ぱっつんのオカッパをよしと考えていた。そのスタイルは一度だけの面白い経験となり、娘たちが父親に忖度して自ら元に戻していた。

近くで姪が服飾関係の仕事に精を出していたので、そのうち稲は洋裁の指導を仰ぎ、製図の基礎からミシンがけまできっちり学んだ。帰宅すると、定規を使って別のノートにきれいに書き写した。こうして子供の遠足の他、修学旅行があれば早々とワンピースを作ったり、夏休みに子供たちを連れて里帰りする時には頑張って、それぞれに似合った柄やデザインの洋服を仕上げて着せた。稲はそれが楽しく、子供たちも大喜びで出掛けていくのだった。実家には夏休み中、稲の妹たちの子も祖母に会いに揃って集まる。すると、

「時節はずれだが餅をついてやっか、今日はみんなに御馳走してやっぺよ」

「この子等は餅つきなんて見たこと無がっぺ」

「うん、良がっぺ」

と言いながら、強面だがやさしい保治と細身の紘矢、二人の叔父が臼と杵を倉庫から持ち出して土間にセットして置く。それに合わせて祖母とスエ叔母が炊きあげたばかりの餅米の釜を臼まで運ぶ。そこで演じられる餅搗きの光景を、子供達にたっぷりと見せてくれる。

その最中稲は、今では中学生の涼介だが、「うちの人参はお店にあるのにお祖母ちゃんちのは畑の中にあったよ」と言った幼児の頃の思い出話や、「都会っ子は固い丸餅や角餅しか知らないけどできたては別物みたいにおいしいから食べてごらん」などと話した。この餅が食事時にはお雑煮としてみんなに振る舞われた。ちなみに修学旅行には、一人当たり五合の米を生徒が持参して行く時代だった。


小学校で父兄会と呼称されていた会がＰＴＡという名の組織になると、母親たちの意識も変わって、参加が目立ち始め、そのＰＴＡ活動を通じて母親同士のつながりも強くなってきた。当時台所に珍しくもオーブンがあるお宅に集合。みんなで楽しくクッキーやケーキを焼いて食べたり、おしゃべりしながら文化的な刺激を受けた。帰宅すると稲はオーブンの便利さ、素晴らしさを子供たちに感動的に伝えた。それを聞くと、子供たちは自分もやりたいとねだった。

このようにして、小学校には我が子が三人、四人目もお世話になるからと、不安ながらもＰＴＡの文化委員を引き受けていた。それは運動会などの行事の手伝いで案内やお茶出しもあった。今までＰＴＡ会長などの役職は地域の有力者男性と決まっていた。しかし、その会長役についても女性が候補に挙がる時代になっていた。だから男女同権や自由と平等思想に基づく言葉は、特に六年生くらいになると子供たちの学級会でも頻繁に使われた。

その言葉は集団で使うと魔力を発し、子供たちを大人の気分にさせた。満洲から引き揚げてきた、翠の隣席の女の子が「……そんな自由をはき違えた問題のある子供には、先生が徹底的に諭すべきです」などと発言すると、教室中ワッと沸いた。でも問題に返答する前に教師は徹底的とはどういう意味なの、と逆に質問でその生徒を困らせた。

ところで、大都会とは違い、この環境では多くの人はまず欧米人に出会ったことがない。翠は六年生になって、初めての映画観賞会があり、アメリカ映画の『子鹿のバンビ』を見せられた。あまりにも美しい大画面と物語に感動した。その感想文の宿題を提出する段になると、生徒たちは感動はしていても作文を億劫がって文句を並べながら書いていた。翠も、やっと仕上げたが、「今まで鬼畜米英と聞いていたので恐ろしい人間たちだ、と思っていたのに、映画を見て米国人は子鹿にもやさしくてみんないい人ばかりだと感じることができた」と書いた。この単純な文章に対し、赤ペンで書かれた教師の評価は、公平でとても印象的だった。当然ながら「米国人だってみんながいい人とは限らず、悪い人もいますよ」……と。

翠が家に持ち帰り稲に渡すと、なるほどね教育は難しいとだけ言った。

小学校に重要な行事が組み込まれた。遠い米国から日本の教育現場を視察指導するのを目的とし、女性で教育関係者のローズ先生の来日が決定した。学校ではその必要性から一カ所だけ和式から洋式トイレに改装する工事に迫られた。着手すると生徒たちは見たこともない珍しい便器に興味津々で現場を代わる代わる覗いていた。

数日の教育研究会（ワークショップ）では、この米国人先生を中心にＰＴＡと先生方の三者の懇親から始められ、続いて子供の教育について米国の方式を拝聴するという内容だった。

会の打ち上げである感謝のパーティーは講堂で催された。その後《あと》に、生徒たちも参加。壇上で紹介された人物は、日本人には見られないすっきりとした洋装で、ナイロンストッキングの足がほっそりとしていてスタイルが美しい、金髪のローズ先生だ。外国人の珍しさに子供たちは緊張したまま見上げていた。

そこに花束贈呈役にＰＴＡの中から選ばれた稲が進み出て、ほんの一瞬だったが役目を果たした。しめの拍手は長く続いていた。翠は束の間、母親の和服姿を誇らしく思った。

五　ＰＴＡで活躍〜辛抱の時期へ

二人目の娘が中学に入る頃には、徳夫は勤務先が東京支社に替わっており、単身赴任の社員寮住まいにも慣れてきていた。

桐生へは東京八重洲口からの直通バスがある。土曜に帰宅し、月曜朝には早起きし、生卵一個を飲み込んで、これで充分だと言いながら上京していった。次週、またの帰りを、家族は心待ちしている。いつも徳夫がバスに乗り込む直前に日本橋のデパートで買うという、同じ銘柄のチョコレート一袋。カバンから出されるのが子供たちには特に待ち遠しかった。

こういう状況にあって、稲が中学校のＰＴＡの副会長を受けたと聞くと、徳夫は案の定、反対の立場に立った。「大変なことだぞ、その次には市会議員にでもなるつもりか」とまで言ったので、家中が気まずい雰囲気になった。それでも今さら投げ出すわけにはいかず、稲は頑張らざるを得なかった。

この時期、ただ気がかりだったことは、全国的に繊維産業は不況の時代に入っていて、当然ながら徳夫が勤める会社も経営不振に見舞われていたことだ。

確かに小学校児童と違って少し大人びた中学生の間では、戦後の一般社会と同様に問題が複雑化していた。期末試験の白紙抗議や授業のボイコット、男女関係やいじめなどが、生徒の不安や怒りなどの思いがけないきっかけで生じることが多かった。

それればかりか、生徒指導の新旧の考え方の違いから教員間にも問題が浮上し、思わぬ方向に進んでいたことがあった。

実際にはある教師を排斥する内部文書が一部に出回り、その責任者の先生と連名の形でPTA副会長という役職の付いた稲の名前が無断で使用され、記されていたことがあった。

問題とされた若き教師は戦中戦後の交錯する価値観の中で学び、その延長で大学を卒業し、社会に出た人だ。生徒たちにとって、年齢的には近くて、考え方についても心安さ、身近さが感じられる。だからごく自然に、多感な中学三年生は緊張せず、兄や友人に対する如く気楽に接し、本音の告白もできる。すると放課後の教室では、この人気のある若き先生の存在は目立ち、生徒たちの中心で雑談にふけっているのが見咎められた。そして、その甘やかしが秩序をこわしてしまうし、子供たちの不良化の原因だと糾弾されていた。しかし前例もなく、単に「赤」ではないのかと警戒したのかもしれなかった。

規定の家庭訪問だけでなく、この先生は時々放課後、学区内を自転車で自発的に巡回し、保護者ともコミュニケーションを取っていた。ある時、その教師に翠は母親のことを「何か重荷を背おった人みたいだネ」と言われ、明るい印象とは正反対なことだったので、どういうことなのかびっくりしたこともあった。これは晩年に知ることになるのだった。

問題は対立するどちらの立場の先生も生徒思いで、それぞれが慕われている人物である。一時稲は悩んだが、両先生に関する子供たちの評判も聞き知っていたので、学校側の様子を見ながら自分の意見を述べるチャンスもあり、事態は大きくならずに終わった。


手軽でいいデザインのものが洋品店に並び、安く買えるようになると、稲は洋裁から遠のいた。

急に株式やボートレースへと興味が変化してきた。小豆《あずき》の相場で大損し、内心に不安を抱えていても「お父さんがいるから大丈夫！」と先手を打ち目前で言うので、注意する間もない徳夫を苦笑いさせ、切り抜けていた。稲が時々出掛けるレース会場は広々とした景色が広がる阿佐美沼だ。水上に数隻のボートが走る。その情景を見ているだけで気持ちが晴れ晴れして楽しい。すでに実家に戻っていた妹の道子の影響で作り始めた俳句は、暗い気分を晴らそうとする自己流の川柳になっているのだった。

徳夫の会社は、存続のために新規に多大な資金作りと思い切った人員整理が必要となり、具体的な対策が持ち上がっていた。当時、営業課長というまだ中途半端な身分だった徳夫も、そのためにサラリーマン生命を断たれた。間もなく会社は自社及び他に所有する不動産物件を売り、郊外に移転していった。大黒柱が失業した上、浪人時代の徳夫が自ら興した事業は、初めは調子が良かったがその後メンバー不足となり解散するに至った。

その後の長い時間は、家族にとって途轍もなく辛いことだった。その間、稲は保険の外交員として客の開拓をし、実績をつんでいた。一方、徳夫は、ある組合の事務の仕事に就いた。それがちょうど体力・年齢的にもふさわしく、車輪は回り始めた。

六　三人三様の娘たち

比較的時間が自由になることから徳夫は、まだ二女が在籍中に、女子高校ＰＴＡの会計の仕事を請われるまま引き受け、次の三女が卒業するまで続けていた。今までは会社一筋で稲任せ、全く経験のない分野だった。でもそこで新しく知己・仲間ができた。そこから娘たちの卒業後にもそのメンバーは揃って集合。そこが老後のサークルになった。旅行などの計画を立て、時々、出掛けては楽しんでいた。

この時期、稲にとっても穏やかで比較的暮らしやすい日々となっていた。


娘たちに結婚する年齢が近づいていた。二年間の会社勤めのあと、二女鏡子は洋裁と栄養士の勉強をしたいがどちらを選ぶか、迷っていた。

女性は家庭に入れば、どうしても三度の食事作りに縛られる。でもその場で工夫して、勉強を重ねていけばいい。今も洋裁学校に行くとなると技術の習得には一、二年の時間がかかる。でもまだ時間がありそうだから、こっちの方がいいかもしれないと稲は勧めていた。すると鏡子も英子も同じく好きな道だったので、そこに進むことになった。

その頃、長女の翠は、東京に就職が決まったばかりで残る学生生活を愛おしんでいた。妹たちはお見合い結婚。鏡子は二二歳で。一方、幼稚園などで働いた英子は数年後、大阪万国開催の翌年に嫁した。二人は、順次埼玉県人となった。日本経済は上向いて明るかったし、親の心配は尽きぬとはいえ、それでも年下からだが娘たちが片付いたことでひと安心したようだ。

今まで娘たちがレッスンしていた楽器は、小学生の時初めてクリスマスに与えたオルガン、バイオリンだったが、家中に喧しく響いてた。耳にタコができるほどだった練習曲を、毎度のことながら発表会やら音楽部コンサートがあるたびに夫婦揃って聴きに行くのを楽しみにしていた。それが同時に消えてなくなった。残る両親の頭痛の種は、当然のことながら東京在住でマイペースな長女一人に絞られることになった。

鏡子が出産し、初めて実家の近くにある病院から戻って来た晩、稲の興奮気味な電話が翠の東京の下宿にかかってきた。「あなたは、もう可愛いヒロ君の伯母ちゃんになったのだから、しっかりしなければいけませんよ」と言った。桐生生まれの初孫だ。翠はおめでとうと言った。けれど、就職してまだ緊張の続く不安定な毎日だ。他人事《ひとごと》のように聞いていた。

彼らがしばらくして買物にも不便な秩父の家に帰ったあと、両親は心配で、様子を見るために月一回は肉をぶらさげ、ネギなど買い揃えて、兄の車に乗り込み、鏡子のところへ届けていた。

以来、代わる代わる娘二人は稲を頼って出産の里帰りをした。その間に、膝元でも息子夫婦に男児が二人。稲はその内孫が成長するまで世話をすることができた。するとある日、稲は兄夫婦に宣言した。「あと一人、女の子が欲しいといっても私はもう面倒は見られないよ……」と。しかし年齢的にその時点ですでに自分の力を尽くし充分な仕事をしてきたといえる。今では内・外孫が七人になっていたが、気が付くと、稲はまず自転車の自損事故で首を痛めており、家事以外の仕事をやめていた。それでも強気で、体力を過信して行動してきたけれど、二度目の事故をしてからはさすがにサークル活動も休み休みとなり、人とのつながりも少なくなった。ごくたまにだが国内旅行に夫婦で参加したり、孫の祝い事に出掛けるのが楽しみになった。

珍しく電話で翠は、兄の涼介が日頃考えていることを聞き出したことがある。

「紆余曲折あったけれど俺は親父の生まれ故郷の大学を卒業し、戻った。こうして今、両親の家から車で役所に毎日通っている。結婚しても、綾子とは共働きを続けているが、世代や考え方が違えば親との同居に多少の摩擦が生じるのは当たり前。でも、かわりに安心を提供している。だから大変でも男の子二人の面倒を親に見てもらうことにした。平凡で不充分だけれども、今時これが俺たちのできる最高の親孝行だと思っているのさ」……と涼介は言った。もちろんそれは地元に残らなかった妹たちにとっても有り難いことだった。しかし稲は男の子よりもやっぱり女の子は話相手になるから「よく考えてみたら一人くらい娘を近くに置いてても良かったかな……」とずい分後になってからだが語るのだった。

何かの仕事の関係で徳夫が上京した。すると、翠は八重洲口で待ち合わせし、必ず同じ店に入る。でも話はいつもお互いの仕事のことが多い。翠は「デザイナーや設計者の意図は絵で表すと相手に一番伝わりやすいからデッサン力をもっと身につけたい」とか、「月賦で買った電子楽器でクラシック音楽の練習に毎晩ハマっている」などということだった。けれど仕事上の失敗は余り話題にはしたくない。仮に話してても「無理することは無いぞ」と言われたら、自分が中途半端なので困る。家に仕事があるわけでもないし「折角大学を出た意味がない」と思っている。

縁側で夫婦で寛ぐティータイムでは――。

「人は十人十色と言いますがね」

稲が口を切ると、

「家の娘達は同じ親ながら三人三様だ。鏡子は小さい頃からお転婆だった。大人用の鉄棒で尻上がりもできるし、鉄棒に足を掛けたまま、小さな子供の両手をつかんでブラブラ揺らしてた。だからまわりの大人も驚いてたよ」

　すると稲も幼い鏡子が話していたことを明かした。

「あたしピアノなんか何台でも買えるくらいお金持ちと結婚するからね。子供なんか何人でも生んじゃうんだ！」と。

　特に音感の発達もすごかった子だったし、きっとあの頃子供ながらに家中に漂う暗い雰囲気や稲の苦悩を敏感に察してのあの発言だったのだろう。

「姉妹で一番先、二十二歳の結婚だから今は大変だろうけど、これから先は幸せになれるはず。占いにも出ていたわ」

「英子はどうだい！」と珍しく二人は三人娘の品評を面白そうに続ける。英子は末っ子だが背も高くて外見も安定感があり誰にでもやさしくできる穏やかな性格の持ち主だ。

「急に訪れてもあの狭い家が片付いていて気持ちが良かったよ」

「無口で頑固な旦那を良く立てているから感心するけど私には出来ないわ」

「翠が学生時代には何人か男女に拘わらず友達が家に来ていたなあ」

「それなのに以外と駄目なのよ。もっと自由に楽しくおつきあいすればいいのに、本人は全く真面目で面白くない。私には何が何だか判らない。きっとハートが冷たい娘なのよ」


夫婦で話している内容はいつもくり返されてることばかりなのだった。

「うちの康太はね、多分幼稚園かどこかで覚えてくるのか、私のことをコンピューターお婆ちゃんなんて呼んだりするから面白かった」

「そうか、これからの時代だ。コンピューターも流行歌にある『ＵＦＯ』だって、良くも悪くも孫たちのものさ」

「私から引きついで悟の送迎は職場も近かったから楽になったでしょ」

「毎回迎えにスクーターで早目に行っても中に隠れて出て来てくれないんだ。他の子供達には母親が来ていっしょに嬉々として帰って行くのさ。けれども無愛想なじいさんで嫌だったんだろうな。可哀想に」

「しかし大丈夫かな、これから生活が便利になり幸せをもたらすと言ってるが、もしもそれが戦争に利用されたらかなわんな」

「あんな時代はもうこりごり。今は民主主義の世の中でしょ」

その後悟は、

「あの頃のじいちゃんのスクーターはつかまる所がなくて小さかったぼくはとても恐い思いをしていたよ」

と言うがそれを誰にも話していなかったらしい。

海外旅行が解禁されてそろそろ十年。この頃は、日本中が一億総中流を自認していた。

稲は一度も日本から出たことがないけれども、海外なんて今さら行きたいとは思わないと言い、徳夫は仕事がらみだが国内の県で足を踏み込まずに残っている場所は北海道と沖縄だけだと言っていた。今回は三人の娘達の家を二人で一軒ずつ訪れる計画だ。「まず東京に寄って、貴女の顔を見た後、英子の家にまわり、次は近々中国旅行に出掛けると言っている鏡子達の家に行き、餞別を渡そうと思っているよ」と、翠に電話があった。

いつも自己中心的で生きることが精一杯の翠は、これまで心配してくれる稲に対し優しい言葉の一つさえかけてこなかった。その上、本当に申し訳なく思っていることがある。それは初めてもらった四万円ばかりの夏のボーナスのこと。両親に見せはしたものの何のプレゼントもせずすぐに自分のポケットに納めてもち帰ってしまった。昔のことだが今でも思い出しては恥じている。このようにいつまで経っても甘えの心情が変わらない心と行動がかい離する問題娘が残っているのだった。

掌《てのひら》の小さな箱

約束通り小箱を水辺に葬ると
その忍び音も知らないままに
雨が降るたびポツンとひとり
悲嘆に暮れる愚《おろ》かな天《あま》の邪《じゃ》鬼《く》遂《つい》に
思い余ってお月様に打ち明けた

小川や河の流れは海につながるよ
やがて辿《たど》り着いた大海原で
小箱を手にしたときはただ
疲れ痺れた天の邪鬼束の間の夢で
前世の記憶が蘇《よみがえ》る

成るように成るのがこの世の常ならば
そう焦《あせ》らずに自分の歩幅で
歩いて行けばそれでいいのさ
天の邪鬼が初めて素直に有り難う言ったら
胸のつかえもあの小箱も消えていた
　お月様は微笑《ほほえ》んで見ていたよ――

ハ
①ひ た ん に く れ る　お ろ か ー な　あ ま のじゃくー　つーいに
②つ ー か れ し び れた　あ まの じゃー く　つ か の ま の ー　ゆーめで
③あ ー ま のじゃく が　はじ めて す なおに　あ り が と う ー　いったら
二
to Φ
①お も い あ ま ー て　お つ きさ ま に　うー ち あ け た　①②③
②ぜ ん ー せ ー い の　き お ー く ー が　よー み が え る　(くり返す)
③む ね の つ か え も　あの こ ば こ ー も　きー え て い た
Φ Coda
お つ き さ ま は　ほ ほ ーえ ん で　み ー て い た よ

〔掌の小さな箱〕 二重唱

詞・曲　沼達敏子

著者プロフィール

沼達 敏子（ぬまだて としこ）

群馬県出身。

県立桐生女子高等学校卒業。

千葉大学園芸学部造園学科卒業。

西武百貨店インテリア相談室、ハウジングセンターにて住居関連の設計業務に従事（２級建築士）。

４回の転勤に伴い引っ越し、家庭づくりの中、デザイン会社（作図）、楽器店（防音）、幼稚園（音楽教室）等を経て、テクノ・ホルティ園芸専門学校講師を務める（インテリア・プランナー）。

趣味：活け花、鍵盤楽器、洋画。神社検定３級。

著書：『ゴマ君の冒険旅行』（2020年　文芸社）、『てんとう虫の感謝状』（2021年　文芸社）、『翠の青春　神楽坂思い出ホロホロ』（2022年　文芸社）

お稲の昭和　不器用な物語

2024年10月15日　初版第１刷発行

著　者　沼達 敏子
発行者　瓜谷 綱延
発行所　株式会社文芸社
〒160-0022　東京都新宿区新宿１－10－１
電話　03-5369-3060（代表）
03-5369-2299（販売）

印刷所　株式会社フクイン

ISBN978-4-286-25625-2